목련이 환해서 맥주 생각이 났다

김서현 시집

목련이 환해서 맥주 생각이 났다

달아실시선
74

달아실

보조 용언과 합성 명사의 띄어쓰기 등 본문의 맞춤법은 시인의 의도에 따른 것임.

시인의 말

깊은 밤이었다
그 길가엔 눈이 폭폭했다
나는 눈을 좋아할수록 더 외로워지는 것 같다고 했다
그는 늘 고독했다
그의 주머니 속에 손을 넣으려다 그만두었다

2023년 겨울
김서현

차례

목련이 환해서 맥주 생각이 났다

시인의 말　　5

**1부. 북반구의 시간이
적도를 지나온 구름처럼 떠가고 있다**

서면반점 맞은편
테라스가 있는 커피집의 오후　　12
오월　　13
목련이 환해서 맥주 생각이 났다　　14
리스본으로 떠난 당신　　16
처음 온 십일월　　18
여름이 오래 가지 않도록　　20
흑백 렌즈를 닦다　　22
정답 말고 해답　　24
봄의 행방　　26
이십사 시간　　27
멀어지는 네 곁에서 멀어지려고　　28
기억　　30
소화불량　　32
가을의 국적　　34
시드니의 시간 태엽　　36

2부. 붕어빵 가시를 발라내며
네루다를 생각해요

정류장　40

당신과 함께한 두 번째 여름이 옵니다　42

손목시계　44

겨울비　46

비밀인데요, 다락방에는 불면이 살고 있어요　48

오후 두 시　50

붕어빵 가시를 발라내며 네루다를 생각해요　52

거짓말　54

딸이 둘인데 아가씨냐는 소리를 들으면 기분이 좋아요　56

월요일에는 오해받고 싶어요　58

절기에 관하여　60

이렇게 긴 월요일은 오늘이 처음!　62

바람 부는 날에는 전화를 걸지 않는다　64

눈이 내려요, 사과를 씻었어요, 눈이 내려요　66

주차장　68

캘리그래피는 처음이고, 첫눈은 두 번째예요　70

3부. 지금 엄마를 칠하는 중입니다

붉은 다락방   74
참 괜찮은 비가 온다   76
힘찬 거짓말   77
엄마의 매니큐어   78
꽃무늬 버스   80

4부. 수요일이 되기 전에 당신을 사랑할래요

성베드로 성당　84

쓰레기 버리는 일　86

로마의 일요일　88

오늘의 한 일　90

산수유　92

저녁　94

단 하나의 이유　95

시집 읽다가 생긴 일　96

첫눈이 여름처럼　97

대답　98

곤돌라　100

사진 사람　102

남춘천역　104

화요일　106

러시아 혁명　108

낫 놓고 'ㄴ'을 말하다　110

공연 후기　111

dal.komm coffee　112

해설 _ 첫 시집과 네루다 • 이홍섭　113

1부

북반구의 시간이
적도를 지나온 구름처럼 떠가고 있다

서면반점 맞은편
테라스가 있는 커피집의 오후

지구 자전 속도가 체감이 안 되는 것처럼
무뎌지고 싶었다 그날 오후는

감각이 둔해져서
내가 행성과
한 몸으로

어느 은하를 통과하고 있는 걸까
까마득한 별들이 스쳐가는 듯

햇살 가을이
낡은 기억에 마실 나온 서면반점
길 건너편 불 꺼진 목재 건물
테라스가 있는 커피집

몸속으로도 은하가 흘렀다

오월

반복 없이 주변이 깜깜해지고
연애 소설을 읽기 시작했다

별빛이 반짝일 때 눈을 감는 너
아카시 향이 실수로 쏟아지듯

오월이 왔다

목련이 환해서 맥주 생각이 났다

집 앞에 의자를 내놓았다
목련 꽃잎이 긴 머리카락에 떨어졌다
멈출 수가 없어서
떨어졌다
봄입니까,
라고 말을 하려던 입술이 벌어졌다

손깍지를 꽉 끼고 걸었던 그 거리
다시 가지 않을 거라는 예감이
부어오른 목련 꽃잎 같아
지그시 눌러보았다

온종일 아무것도 할 수 없었다
꽃잎 부풀리는 일 말고는

이 봄에 다시 만나게 될 너는 어떤 표정일까
저녁을 말리는 목련을 보며
너의 어떤 표정을 생각했다

하루라도 봄이 있었던 날은 없었다

리스본으로 떠난 당신

인형을 물어뜯으며 온몸을 뒤흔드는 강아지의 물통에
물을 갈아주었습니다

시계를 보니 오후 3시가 돼가더군요
고단한 하루를 보낼 당신을 위해 난 아침밥을 짓기 시
작했어요
내 손등까지 넘실거리는 밥물 수위를 당신은 좋아하죠

내일 날씨를 보니 낮 기온 30도로 무더운 하루가 될 것
으로 예상이 되었어요
당신의 옷이 젖지 않도록 우산을 준비했지요

그리고, 단정하게 옷을 차려입고 출근했어요
알함브라 궁전까지는 얼마나 걸릴까 곰곰이 생각했지요

광화문 광장에 도착하니 사람들이 많더군요
멀리서만 봐도 렐루 서점에 줄 서 있는 사람이 한가득
이더라고요

식당에서 창밖을 쳐다보았어요
지중해와 맞서 있는 집들이 모두 하얘서 내 집 찾기가
어려울 거 같다는 생각이 들었답니다

퇴근길에 가로수가 눈에 들어왔어요
탐스럽게 매달린 올리브를 한 바구니 따왔더랬죠

그해 여름 당신은 리스본으로 떠나면서 대서양을 보고
온다고 하였습니다

집으로 돌아와 강아지 눈을 보니 대서양이 가득 차 있
었습니다

처음 온 십일월

처음으로 혼자 영화를 보았던 때가 있습니다
처음으로 혼자 냉면을 먹었던 때가 있습니다
처음으로 혼자 사랑을 했던 때가 있습니다
처음으로 혼자 아팠던 때가 있습니다
처음으로 혼자 울었던 때가 있습니다

처음으로 혼자 바다가 보고 싶어서 무작정 속초행 버스
를 타고 가다가 잠이 들었습니다
　버스가 요람처럼 흔들리고
　어디선가 잃어버린 노랫소리가 들려오고
　눈을 떠보니 텅 빈 목적지에 도착해 있었습니다

　생각해보니 혼자서 많은 일을 해내며 살아왔다는 생각
이 들었습니다
　삶이란 텅 빈 대기실과 같은 것일까요
　혼자란 먼 지평선 같은 것일까요

　처음으로 빈몸으로 서 있는 바람이 되어봅니다
　처음으로 혼자 혼자가 되어봅니다

처음으로 혼자 웃고 싶어졌습니다
혼자란 십일월 같은 것일까요

여름이 오래 가지 않도록

소아과병원 옆 작은 화단에 다다르자
장맛비가 내렸다

병천순대국 간판이 젖었다
편의점 앞 파라솔이 흠뻑 젖었다

내 짝은 눈을 꼭 감고 말이 없는데
말이 젖어서

젖을 수 있는 것은 다 젖었다
지워질 수 있는 것도 다 지워졌다

민소매를 입고 버스 정류장에 서 있다

와르르 쏟아지는 여름들
전부 세었는데, 기억나지 않는다

빗줄기가 머무르는 동안
여름을

엎질렀다

흑백 렌즈를 닦다

왜 이렇게 까맣지,
네가 웃으며 말했다

그랬다
우리는 너무 흑백으로 만났다
흑과 백 팽팽한 사선을 따라
어둠이 꽉 채워졌다

어깨를 툭 털며 돌아오는
봄밤
차창 밖의 매화들 보름 조금 지난 달빛 속에 서 있었다

지금은 단 한 송이의 꽃 이파리 떠올릴 수 없다
그 꽃잎 뒤집는 것 보지 못했다
매화들도 내가 지나간 것을 모를 것이다

춘천행 버스 정류장에서
긴 팔로 나를 와락 안아주었다
어느 날 내가 물었을 때

너는 그날이 기억나지 않는다고 했다

저만치 매화를 돌아보려다 말고
밤이 어둡다는 걸 눈치챘다

정답 말고 해답

잎이 휘청거리는 이유를
수정하려 한다

비틀거리는 그림자에 춤이 있다
오후는 널브러졌고
오동나무는 넓적한 이파리를 말리고 있다

주인 없는 건물은 움직임 없이
선명한 그림자로 변해갔다

테라스 벤치에 안경을 쓴 한 사람이 보였다
시인이었다가, 시인이 아니었다가
결국 시인인
시란 나에게 있을 단어가 아니어서
같은 쪽을 함께 바라보았다
그렇다고 같은 곳이기를 바라지는 않았다

그는 울기 시작했다
들썩이는 어깨에 손을 얹자 호수가 출렁인다

아껴둔 단풍처럼 수면에 붉은빛이 고였다
한 봉지 오후 외에 내 뒤에는 아무도 없었다

플라스틱병에서 마지막 알약을 쏟아내듯
떠올린다
발가벗은 그림자를
오류가 발생한 오후를

그 가을 이후, 오동나무는
비틀대는 기억을 품고 있을 것이다

오동나무는 아무런 잘못이 없다

봄의 행방

운전하는 내 손이 너무 예뻐서
너는 내 옆얼굴만 보고 있었다
그 얼굴을 지우려고 청소했다

그날 길가에는 눈이 왔다
꽃이 피었는데 눈이 왔다
연분홍 벚꽃 사이에 흰 눈발이 날리고 있었다
벚나무 밑에 한참 서 있었다
그곳에 오래 서 있었다
아닐 게다
그날은 눈이 오지 않았을 거다

봄밤을 그냥 보내게 해준 너

거울을 닦았다
입김을 닦아내고 봄을 닦아냈다

이십사 시간

짝짝이 나무젓가락으로 콕 집어 올린 불은 면발처럼
너에게로 갔다
쫄깃함도 없이 뜨거움도 없이
사발면인 채
늦게 핀 꽃이 아름다운 오후처럼
비가 내렸다
나는 네 뒤에 있다
네가 앉은 의자의 남은 온기처럼
천 개의 우산을 펼친 듯
낮이 긴 오늘
난 내일이 올 때까지 걸었다

멀어지는 네 곁에서 멀어지려고

머스터드 색 간판의 마카롱 가게 앞을 지나다가
모서리를 보았어
모든 게 태어날 시간

완벽하다

멀어지는 네 곁에서 멀어지려고
자꾸만 태어났다

무슨 일인지
아이스크림을 같이 먹고 싶고
무슨 일인지
비가 내려서 우산을 같이 쓰고 싶고
무슨 일인지
별이 반짝이는 소리를 같이 듣고 싶고
무슨 일인지
달빛 조각을 주우러 숲으로 가고 싶고

무슨 일인지

무슨 일일까

시간이 없다

모든 게 완벽하다

기억

입술을 열려다가 그만두었어요
기억을 떨어뜨렸거든요

마당에서 햇빛을 걷다가 그림자에 숨던 적이 있었던가요
개나리 지난 자리에 서둘러 마타리꽃이 서성대던 계절
은 나에게 없던 것 같아요
기차역에서 사막 가는 버스를 백 일 동안 기다렸던 것
같기도 하지만 확실치 않아요
노란 우산 속에서 겨울비를 접으며 천천히 젖은 눈을
만지던 날은 언제였나요

길 아닌 어디쯤에선가 때아닌 장마가 차올라서 이마는
밀리고
갑자기 불어닥친 바람에 유리창은 갸륵한 시간을 막아
내고

속초시장 씨앗호떡을 집어 들고, 쿠키 속 생크림을 발
라 먹으면서
기억과 기억은 같지 않다는 걸 눈치챘어요

쓰기도 달기도 해서
단물만 쪽 빨고 뱉어버렸어요

입이 동그란 사람은 동그란 말만 하게 되지 않을까요

입이 동그란 그대는 아무 말을 하지 않지만
동그란 기억이 자꾸만 소복해져요

소화불량

껍질째 베어 먹은 사과 한입처럼
너는 쉽게 나를 가져갔다

눈여겨보지 않던
이름 없는 날들을
생각해본다

별 보러 갈래?
같이?
별이 반짝이는 소리 들어봤어?

너의 이야기를
꼭꼭 씹어 먹기 시작했다

배가 불러왔다

배부름도 번거로운 시간이다

여기가 어디쯤인지

너는 보이지 않았다

무심함도 삼켜버릴까

배가 불러와서
너의 이름을 뱉기로 했다

가을의 국적

탄자니아에서 아픈 사람 옆에 앉았다가 대바늘로 목도리 뜨기를 한 적이 있어요

가을 햇살과 앉아 있다가 일어설 때 오로라를 본 적이 있다고 말해도 사람들은 믿는 척만 해요 가을이 가기 전에 내가 해야 할 이런 식의 거짓말은 열 개도 더 있어요

다른 사람의 스트레스에 내 몸이 신체적으로 반응을 한 적이 있어요 이럴 때는 우산을 쓰고 스콜을 맞아요

모스크바 병원에 자주 가지만 도움 되는 치료를 받지 못해요 뎅기열 전문병원을 다시 검색해봐야겠어요

사람들 틈에서 기진맥진해져서 집에 왔어요 술이 당기네요

나미야 잡화점을 나미야 주류백화점으로 변경해야만 한다는 것에 대해 백 번째 합리화시키는 중이에요

에너지 뱀파이어와 만난다면 이 말을 꼭 해주고 싶어요

내가 고통에 취약하고 공감 능력이 뛰어난 편인 거 아시지요

그렇다고 난 절대로 초민감자는 아니에요

단지,

베네치아의 홍수만큼 눈물이 고였을 뿐이고요
백상아리 한 마리가 내 새끼발가락을 따끔하게 한 정도
라서
알레르기 처방전 한 장이면 말끔히 해결될 거 같아요
이게 규칙이라네요

가을 햇살에 국적이 없는 건
내가 내 나라를 떠도는 난민이기 때문인지도 몰라요

시드니의 시간 태엽

건조한 비가 내린다
아타카마 사막이 시드니에 정차하나 보다

나무가 그늘을 품고 풀장이 된다
새들이 텀벙 뛰어들면
과녁의 경계선을 흔들 것만 같은 그늘 속이다

빅토리아 공원의 기괴한 가지를 뻗은 나무들이
절단된 몸으로 촉을 세우고 있다
나무에 기대어
AM 라디오 주파수가 끓는 소리를 듣는다

노을이 엎드린 시드니 바닷가
햇빛이 가득 엉켜 있다
저녁이 지나간 자리를 지키는
두 뼘 크기의 무화과나무 가지

시드니의 시간 태엽은 느슨한 게 틀림없다

계절이 반대인 탓만은 아니다

북반구의 시간이 적도를 지나온 구름처럼 떠가고 있다

2부

붕어빵 가시를 발라내며
네루다를 생각해요

정류장

아무도 없는 정류장
나는 안 사랑하는데 여기서 기다려도 될까요

비를 흠뻑 맞은 나무 사진을 내게 주었던 사람
나를 찍은 사람

한번 만나요 매일 겨울비가 내리고 있으니깐
모르는 사람에게 아는 사람처럼 안기고 싶어요
그러므로 당신을 생각하면 안 돼요

열린 차창으로 뻔히 알 것 같지만 낯선 당신 얼굴이 보
여요
느낌표처럼 외로워 보여요

난 깨금발로 쓸데없는 표정을 지어요
빗방울 같은 물음표가 노란 우산에서 자꾸만 피워 올려
져요

소설을 읽어도,

음악을 연속 재생해도
겨울비는 멈추지 않아요

당신은,
처음이며 끝이며 항상 간절합니다

오늘도 난 정류장에서 서성댑니다
겨울비가 집으로 돌아갈 때까지

당신과 함께한 두 번째 여름이 옵니다

어쩌면
와인을 막걸리처럼 마셔버릴지도 몰라요
초고추장 담뿍 바른 회를
당신에게 건넬 수도 있어요
아침에 갔던 길 저녁 무렵에 되돌아올 때
다른 골목에서 헤맬 수 있어요
높은 빌딩이 날 어지럽게 했을 테니깐요
시 대신 한 가지 끊은 게 있어요
술이냐고요
아뇨
음악이요
상처가 새살 돋듯 돋아나요
이거 금단 현상 같은 건가요
고백할게요
어제 유키 구라모토 공연에 다녀왔어요
사실 지금도 뉴에이지 음악 듣고 있는데,
가끔 들어도 될까요?

비가 오면 좋겠어요

12월 주문진의 빗소리가 장마를 가득 채울 것 같아요

섬이라 하면
무인도, 울릉도만 알던 저에게
교통섬을 알게 해주었어요
그날, 난 버스만 기다렸을까요

손목시계

유통 기한 지난 시계를 차고 있어요

나는 당신에게 하고 싶은 이야기가 많아요
7월의 가을 같던 바람
당신 인생 두 번째로 같이 본 불꽃놀이
발가락 진물을 염려하던 눈길, 손길, 그 길
약속이 펑크난 날 날 보러 오려 했다는 목소리
웃음이
눈물이
침묵이
망설임이

당신은 나에게 해야 할 말이 있어요
적어도 수년 동안 멈추었던 손목시계를 움직이게 한 마
법의 비밀이라도 말해주세요
무수한 별만큼의 괄호 속 시간
통계 기호 같은 당신의 언어
망각에 흠뻑 물을 주고 있어요
불규칙적으로 온기를 닦아내고 있어요

커다란 창문을 열고 호흡 연습에 매진하려고요

자꾸만 낡아지는 시간이 자꾸만 기억을 두껍게 해버려요

겨울비

그냥 눈이 아니네 라고 생각했어
네가 겨울비라고 말해주기 전에는

길 끝 파란 문 바깥에 있었어
사진을 보는 자는 사진의 바깥에 있는 것처럼
백 개의 빗줄기가 백 개의 우산으로 부서지고 있었어

마음을 마음대로 하지 못하는 마음 때문에,
스스로를 알 수 없는 스스로 때문에,
무릎을 꿇고 운동화 끈을 동여매다가 보았어
횡단보도의 하얀 금이 지워지고 있는 것을

아무것도 할 수가 없었어
이날은 모든 것이 나 혼자였거든

비스듬히 열린 파란 문으로 빗물이 접혀 들어갔어
그동안 꾼 꿈과 마주 앉았어

말하지 않는 목소리를 듣고 있어

삭제된 4차선 도로에 겨울비가 폭발하고 있었어

어쩜 난 눈보다 비를 더 좋아할지도 몰라
그것도 겨울비

비밀인데요, 다락방에는 불면이 살고 있어요

십일월도 아닌 십이월도 아닌 주말을 보냈어요

이건 비밀인데요
내 다락방에는 불면이 살고 있어요
불면은 잠이 안 올 때면
오백 미리 캔맥주를 유리컵에 따라서 나에게 한 잔 건
네줘요
이제는 마그네슘 따위는 버리라고 말해요
양심 있는 사람 같으면 마지막 양심을 외면하지 않을
거라며
그냥 두라고 말이죠
새벽은 숨어서 졸고 있어요

손을 잡은 이상 발걸음까지 맞춰보아요
당신은 사랑해본 적 있나요?
묻고 싶을 때마다 잔뜩 웃어버려요
혼자 할 수 있는 건 영영 걷는 거예요

괜찮은 표정을 지으면 여전히 어색해요

엄살을 피우면 무관심부터 올라와요
우리 사이 조금 더 거짓말을 늘려볼까요?
거짓말을 한 김에 한눈까지 팔아볼까요?

내가 십일월도, 십이월도 아닌 주말을 버틴 이유는
우리의 겨울이 잔뜩 괜찮던 때가 있었기 때문이에요

오후 두 시

나는 인생에서 단 한 번 큰 실수를 한 적이 있습니다
그것은 바로 오늘입니다

오후 두 시를 알리는 종이 울렸고
약속대로 나는…

그때
바람이 차창 밖 겨울 가지를 흔들었습니다
빗줄기로 보아하니 보슬비가 틀림없는 듯해서 차창을
열었습니다
난데없이 눈보라가 내 발등을 덮어야만 했습니다
푹푹 눈보라 속 그대 뒷모습을 보아야만 했습니다

손 내밀지 않고 그대를 다 가지려 했던 날이 있었습니다
그대를 사랑하지 않고는 다른 생을 사랑할 수 없음을
늦게 알았습니다
내 사랑의 몫으로
그대의 뒷모습을 마지막 순간까지 지켜보기로 했습니다

오후 두 시가 지나고 있었습니다
글자 없는 책을 읽는 중입니다
그대의 두 시 뒤에서

붕어빵 가시를 발라내며 네루다를 생각해요

납작한 십이월 오후,
나는 비밀을 너에게 말했고 너는 입술을 닫으며 비밀이
라고 했어요
느린 우체통 앞에서 정확하게 백 년을 세기 시작했어요

오늘 점심은 따뜻한 어묵 국물이 당겨서 들린
버스 정류장 옆 포장마차에서 산
세 마리 천 원짜리 붕어빵이에요
가시가 입속 혀를 쓰다듬었어요
네 방이 너무 크다고 말하려다 말고 가시를 골랐어요
들통난 진실을 다시 꾸며 비밀인 척하려다 말고 가시를
발라냈어요

붕어빵 좋아하나요?

네루다를 그리워하며 녹음한 별들이 정체된 4차선 도로,
에서 신호 대기 중이에요
기억은 낯설게 중얼거리게 만들어요
그날 우리는 한 잔 커피를 둘이 마시며 아무 얘기라도

해야 했어요
　조금 더 머물면서

　붕어빵 봉지에 남은 너를 한입 베어 물어요
　미지근한 공백만큼 위로가 필요해요
　너는 입이 없는 것처럼 침묵했어요
　목에 걸린 가시를 어떻게 하죠?
　너는 사람 같은 사람이야 라는 말은 다음에 해야겠어요

　우체통에서 꺼낸 네루다의 시집에는 가시를 발라낸 붕
어빵이 가득했어요

거짓말

하염없이 겨울이 되고 싶다
미친 듯이 거짓말을 한 지 정확히 한 달이 되었다

일요일이 일요일이 되던 기억은 빨갛기만 하다
타액으로 도포한 감탄사가 순간을 관통하고
기울어지는 그림이 거꾸로 처박힐 때
단단한 황홀감을 몰래몰래 훔쳐보았다

그러고는,
나는 여백에 지워질 문장을 쓰기 시작했다

시는 너무 많다
시간은 너무 없다
비밀이 너무 많다
절대로 진실만은 말하지 않을 테다
손님을 대하듯 너를 보기로 했다

하루만이라도 깨끗해지고 싶어서,
조용한 사람 곁에서 더 조용하게 있었다

벗어던진 사진이 먹물처럼 까매졌다

죄를 짓는 게 그리 쉽습니까

여기는 겨울처럼 먼 곳
더 거짓말을 하길 마음먹었다

딸이 둘인데
아가씨냐는 소리를 들으면 기분이 좋아요

태양 부스러기를 모아서 핫팩을 만드는 중이에요
추위가 구부러진 남이섬 나루터에서 뒤집히는 말을 따
뜻하게 달래주려고요
윗입술과 아랫입술 사이로 접속사가 말랑해져요
무릎 담요를 들춰보니 혼잣말이 가득해요
그래서 혼자 있어도 심심하지 않나 봐요

전에는 저장된 문장 꺼내는 것을 좋아했는데요
지금은 엉켜 있는 낱말을 정리하는 것이 좋아요
그렇다고 문학소녀는 절대 아니었고요 서랍 정리는 정
말 못 해요
살림의 달인을 보면 대충 살라고 말해주고 싶어요
그게 정서적으로 좋대요
덕분에
새벽에 별이 움트는 소리만큼 우주에서 단어를 꺼내 와요
유리창에 실꾸리처럼 풀린 빗방울로 한 땀 한 땀 눈물
을 새겨요
음악이 없는 세상을 상상해요
그렇다고 무반주 노래는 절대 사절이에요

나에게는 딸이 두 명 있어요

나는 긴 머리에 꽃무늬 원피스를 즐겨 입고요

일차원적 사고를 해요

엄청나게 잘 웃어요 뭘 몰라서 마냥 웃기만 할 때도 있
어요

뭘 알 것 같으면 그냥 우는 게 나아요

울다 웃어서 난 뿔이 내 몸에 아홉 개나 있어요

내 취향은 아니니깐 상상은 곤란해요

월요일에는 오해받고 싶어요

눈이 내리기 직전인데
새벽이 온통 창백해요

당신을 배우려고
가장 처음의 표정을 연마했어요

어려운 질문에는 밑줄을 긋고
시계를 보았어요

외계어 같은 감정 때문에
하는 수 없이
볼펜 열두 자루를 쥐고 조용한 방이 필요하다고 말해요

잠시만요

당신의 무심함 좀 인쇄할게요

알 수 없는 문제를 움켜쥐고 예상 답안을 펼쳐보았어요
넣어도 넣어도 길어지는 말들, 정확하게

거 짓 말 들
서랍을 닫아버렸어요 그렇지 않으면 끝장나지 않을까
봐요

진실만은 말하지 않으면 좋겠어요 문장의 기분으로 살
고 싶거든요
미소도 보내지 않았으면 해요 하염없이 반복할지 몰라요

지금 우는 연기 일보 직전인데,
혹시
더 잊고 싶은 것이 있나요?

절기에 관하여

가로등이 희멀겋게 매달린 그 여름의 가장자리
칠이 벗겨진 간판 '강남 1984'

24절기마다 만나기로 약속했는데 절기가 한 삼백 개는
되어야 한다고
  나는 괜스레 목구멍이 흠씬 젖는 것 같았다
  채 삼키지 못한 술이라도 있는 건지

저 맥줏집에서 시원하게 한술 뜨고 싶다고
  건조한 입술로 내가 가본 적 없는 먼 곳의 이야기를 들
려주면 좋겠다고
  그래서 내가 마구 웃고 재잘대면 좋겠다고
  아니, 말없이 얼굴만 마주 보아도 좋겠다고
  그러다가 돈가스 안주를 너의 입에 넣어주다가
  혹시라도 돈가스 소스가 입가에 묻기라도 하면 냅킨으
로 닦아주고 싶다고
  요즘 시가 안 나와서 우울하다며 입술을 삐죽여대고 싶
다고

너는 어디론가 바삐 걸어가는데

그게 언제인데?
너에게로 자꾸만 소멸하는 그 언제

그날 나는,
녹슨 조명이 꺼진 맥줏집 담벼락에 여름이 저물도록 서
있었다

이렇게 긴 월요일은 오늘이 처음!

월요일에 겨울비가 내렸다
딱 오늘만 내리기로 했다

남색 우산에 검정 꽃무늬 원피스
노란 우산에 네이비 도톰 원피스
땡땡이 민트 우산에 와인 니트 원피스
빗줄기를 세어보기로 했다
열밖에 외울 줄 모르는 아이처럼

현관을 나가면 사람을 잊을 수 있도록
거리에
사람들이 한 손을 흔든다
나머지 한 손에는 벗은 원피스가

월요일을 생각하고
생일로 조합한 비밀번호를 떠올리고

나는 월요일을 좋아하고, 비를 좋아한다, 그것도 월요
일에 내리는 겨울비

열까지 세어보고 눈을 떠보니
현관문 뚫린 열쇠 구멍으로
꽉 들어찬 물음표가 보였다

바람 부는 날에는 전화를 걸지 않는다

전화를 받지 않았다

편지를 보내기 위해 우체국에 가는 길이었다
전화벨이 울렸다
바람이 불었다
원피스가 바람에 날려서 옷자락 끄트머리를 꽉 잡았다
전화벨이 멈추었다, 바람이 멈추었다

잘 지내지?
잘못 걸었어
지금 바빠서 이따 다시
세 마디의 준비된 말은 부재중 편지함에 말아 넣었다

수취인 주소는
음악책에 없는 악보를 찾기라도 하듯 그렇게 그렇게
채워졌다

집으로 돌아오는 길
더는 바람이 불지 않았다

왜?

세 시간 시차로 온
너의 문자 메시지

전화를 걸지 않았다
아니
걸지 못했다, 이대로 잠시 바람을 기다리기로 했다

눈이 내려요, 사과를 씻어요, 눈이 내려요

사과를 씻어요
본 적 없는 너와 본 적 있는 너를 구분해요
설탕과 가루약을 구분하는 것처럼
달기도, 쓰기도 해요

시간이 멈춘 지 벌써 두 계절이 지났어요
창밖에 나는 처음부터 끝까지 서 있어요
언젠가부터 눈이 내려요
젖은 낮달처럼 나눈 긴 키스는 난생처음으로 한 거짓말
이에요
네가 싫어하는 말을 하나씩 말해요
더듬거리는 고백은 생략할래요
신발 끈처럼 풀리는 맹세는 잘라 버릴래요
알 수 없는 마음을 알기 위해 쉬운 질문 따위는 하지 않
을래요
깍지 낀 손가락의 지문을 기억하는 영화는 콩트로 처리
될까요?
양볼에 흐르는 눈물을 닦아주던 너의 손수건은 **빨래방**
에 보내졌나요?

커다란 이불을 덮어요 발가락이 삐죽 나와버려요
전신 거울 앞에 서 있어요 보고 싶은 것이 참 많아요

눈이 내려요 사과를 씻어요 눈이 내려요
입술 사이로 눈이 내려요
창밖을 보아요
서로의 이름을 꺼내요
희박한 이름 하나 뒤돌아 떨어져요

주차장

어제 눈은 실패 없이 내렸어
어제 나는 실패 없이 눈을 맞았어

눈송이가 낮보다 커졌어
이 말을 무한 반복하는 너의 손을 보았어
커다란 손은 너무 커서 달 같았어

차창이 달로 가득 채워지고 있을 때,
나는 나의 저녁을 들키고 싶지 않아서
굵은 연필로 가장자리를 그어대기 시작했어

눈 속에서 눈 속으로 눈이 다시 눈을 덮칠 때
너의 눈을 보았어
하얀 눈은 너무 투명해서 불투명한 감정이 삭제되기 시
작했어

이 저녁은 너무 길어, 아니 너무 멀어
가장 아름다운 온도로 거짓말을 했어

주차장 나무에 가로등이 하얗게 짙어지고
괄호처럼 닫힌 입김에 폭폭 눈이 들어찰 때
말할 수 없는 기분에 대해 말하려다 그만두었어

어제 눈은 실패 없이 내렸어
마지막까지 내렸어

캘리그래피는 처음이고, 첫눈은 두 번째예요

거의 운 적이 없는데, 두 번 울었던 기억이 있어요
남들은 말하죠
첫눈이 내릴 때까지 봉숭아물이 손톱에 남아 있으면
첫사랑이 이루어진다고요
난 남의 말은 안 믿어요

비뚤어진 얼굴을 지우기엔
화선지가 너무 작아요
괜찮은 표정 지어 보이려니
구석에서 하품만 나와요
한 번 부어버린 먹물은 다시 담을 수 없어서
하는 수 없이
단어를 달래주기로 했어요

묻고 싶더라고요
오늘 하루도 당신 거예요, 아무리 생각해도 난 너를
이런 문장 때문에
첫눈 내린 화요일은 잔뜩 빨강이었나요?

나도 너도 숨어서 말해요
캘리그래피는 처음이고
첫눈은 두 번째라고요
거의 운 적이 없는데, 딱 두 번 울 것 같아요

3부

지금 엄마를 칠하는 중입니다

붉은 다락방

길기만 했던 열일곱 여름방학
여섯 개 버스 정류장을 쉼 없이 내달렸다

우표도 없는,
보내는 이의 이름도 없는,
손 편지를 배달하던 때

너의 이름 가득 모아
너희 집 청색 대문에 꽂아두고 싶었다

개학 후 복도 창문 청소를 하면서 네가 말했다
방학 동안 이상한 편지를 받았다고,
그 편지가 매일 왔고,
누군지 이름도 안 쓰여 있고…
이때,
복도를 지나던
옆 반 아이가 말을 걸어왔다

늦은 오후

삐걱대는 다락방에 올라갔다
구석진 곳 앉은뱅이책상 위
먼지가 붉었다
큰언니의 세계문학 전집은
못생긴 메줏덩어리 같았다

이따금 생각나긴 했지만
너의 안부를 궁금해하지 않던 시간
버스 안에서 우연히 너를 만났다

그때 그 감정으로
내가 시를 쓰기 시작했는지도 모르겠다
전염병처럼 앓던 우정이 회복하듯

그 여름방학 끝에 다음을 추신한다

지금은 허물어진 붉은 다락방으로 초대하고 싶다
소년 같던 너를

참 괜찮은 비가 온다

내가 가지고 있는 엄마의 남색 수첩
1998년의 엄마가 접혀 있는

거실 바닥에 엎드린 채
0.7 까만색 모나미 볼펜으로 꾹꾹 눌러 그렸던
엄마 얼굴처럼 동그란
자음과 모음,
그리고 아라비아 숫자들

오늘만큼은
노트북 말고,
엄마가 쥐었던 까만 볼펜으로
자음과 모음,
그리고 아라비아 숫자들을
커다란 유리창에 뿌리고 싶다

참 괜찮은 비가 온다

힘찬 거짓말

자작나무 수피를 붕대로 두른 병원이었다

협곡의 탄식을 닮은 기침 소리가 나면 병실 창문에 허옇게 서리가 끼었다

병실에서 엉뚱하게 피오르 해안을 생각한 건

깎아지른 여자의 등뼈가 얼어붙은 절벽의 한기를 불러왔기 때문이다

저 등에 업혀 앙상한 등고선을 가슴으로 품던 시절이 있었다

찌르는 마디 마디를 타고 암벽 등반이라도 하였던 것일까

입히는 것이 안아주는 것이었다면 등짐도 한결 가벼웠을 것이다

병실 창문에 걸린 소독된 노을이 볼에 색조 화장을 한다

손톱에 진분홍 매니큐어를 칠한다

녹고 있는 빙하들이 병상 위에 섬처럼 떠 있다

엄마의 매니큐어

지금 분홍색 매니큐어를 칠하는 중입니다

몇 해 전 가을을 기다릴 때
하루 휴가를 잡고 두세 시간 거리의 고속도로를 한달음
에 달려갔던 적이 있습니다
이름 석 자가 새겨진 명찰을 찾아서 들어가 보니
오른편으로 기다랗게 놓여 있는 말 없는 침대에서
당신은 초점 없는 눈으로 천정을 응시하고 있었죠
더뎌진 발걸음보다 먼저 뻗어 나간 양팔이 닿자
그제야 흐릿했던 초점은 진작부터 그렁해진 내 쪽으로
천천히 움직이더군요
울컥함은 전염병처럼 번져서 시간의 모퉁이에 머물렀
어요

나는 막내라는 이유로 귀한 아들인 오빠와 동급 대우를
받았습니다
친구로부터 걸려 온 전화를 돌려줄 때 나의 호칭이 '아
가야'임을
여고 때 비로소 알게 되었다죠

내 방을 놔두고도 한 이불 덮기를 자청한 단짝이었고,
새벽 시간 약수 받아 오기,
장 보면 달려가서 모셔 오기,
큰언니네 심부름 다녀오기,
사다 주신 촌스러운 옷도 그냥 입고 다니기,
어른이 되고 나서도 난 아가야였습니다

말보다 더 긴 침묵의 시간은 흘러
당신을 두고 갈 시간이 임박했죠
마르고 주름진 당신의 손을 어루만져봅니다
분홍색 매니큐어가 반짝입니다

지금 엄마를 칠하는 중입니다

꽃무늬 버스

4박자 뽕짝 리듬이 돋아나는 시내버스가
가정리에 멈추었을 때
차창 넘어 꽃무늬 몸뻬 바지,
뽀글파마 아줌마의 햇살이 그림자에 삐뚜로 올라앉는다
주름진 뻐드렁니에 봄이 별처럼 반짝인다
버스가 지나간 간이 정류장에 오후 두 시가 우물거린다

청주시 사직1동 549-1번지,
밤색 철제 대문 옆에 총총히 직립해 있던 맨드라미
마당에는 오도카니 모은 동갑내기 앵두나무
테트리스 조각 같은 옥상에서 나부끼던 꽃무늬 빤스
열두 개의 햇살을 수줍게 품어대고 있었다

반투명 마루문 양쪽으로 열어젖히고
쪼까난 어깨 담요로 휘감은 채
물끄러미,
꿈꾸는 소녀의 빗방울이 콩닥콩닥 번져왔던 그날처럼,

오늘 나는 열두 살

내가 없는데도 버스는 출발했다

4부

수요일이 되기 전에 당신을 사랑할래요

성베드로 성당

나 다시 태어날 거예요
아니, 난 다시 태어나지 않으렵니다

행사 시간이 30분 당겨졌다는 공지를 보고 급하게 귀가
중입니다
서둘러 채비를 마치고 스무숲성당에 도착했습니다
하얀 원피스와 미사포에 꽃망울을 단 머리띠를 매는
꼬마들로 북적거립니다
신부님은 자그만 두 손을 모아 기도하는 소녀들의 모
습을 카메라에 담습니다
난 이 모습을 카메라에 담습니다
열 명 남짓한 첫 영성체 교육생
쌍꺼풀 없는 큰 눈망울을 달고 긴 머리를 늘어뜨린 한
소녀 뒤에
유난히 달빛이 동그랗습니다
이 소녀와 미사포를 쓴 나는 기도를 합니다
소녀는 눈을 감고
나는 눈을 감지 않았습니다
햇살은 뒤로 당부할 일 없다는 듯 이유도 묻지 않고 기

울어갑니다

　피렌체행 열차 안에서 보내온 성베드로 성당에는
　소녀와 닮은 천사가 보였습니다
　그대는 이 천사가 소녀와 닮았다며 미소를 지었겠지요
　성베드로 성당 천장에 수천 가지 감정이 가득 차오르는
바람에
　급하게 휴대 전화를 주머니 속에 밀어 넣었습니다
　얼마나 옹졸한 척을 했는지 모릅니다
　시간이 더디다고 괜한 투정을 부린 거지요

　다시 태어나지 않았으면 좋겠습니다
　소수점처럼 살고 싶지 않습니다

쓰레기 버리는 일

쓰레기를 버리러 가면서
생각했다

스무숲 거리에서 윤동주 거리에 사는 것처럼
생각했다

안아보고 싶던 어깨
안겨보고 싶던 어깨
이렇게 맑은 햇빛 아래
탁한 무늬를 쏟아내는 오후가
싸늘하게 어깨를 감쌌다

발밑을 흐르는 그림자는
발자국이다
뼈마디 같은 발자국이다
자국마다
통증이 짙어지길래
발걸음을 멈추었다

어둠이 오기 전에 서둘렀다

쓰레기를 버리고 돌아오는 길,
밤 같은 오후를 마주쳤다

로마의 일요일

보고 싶은 것은 보지 않기로 했다
허락하지 않은 로마의 시간은 흐르고
하염없이 함박눈은 내리고
전철을 타고 혜화역에 도착했다

로마 광장에는 푹푹 눈이 쌓이고
베네치아 궁전으로 들어가 커피를 주문했다
무수한 눈발이 넘치는 커피가 나왔다
책을 펼쳤다
텅 비어 있는 첫 장에 한 방울의 커피를 떨어뜨렸다
내가 썼던 기억나지 않는 이름이 번지기 시작했다
점점 선명해지는
괄호 속의 그대 이름
입술은 다물어지고
머릿속은 지워지고
눈발은 쌓여가고

열린 창문으로 기약 없는 기억이 쏟아지려는 찰나
어둠이 찾아왔다

입구도 출구도 없는 이곳에서
그대 얼굴을 지우기 시작했다

그림자는 무모하게 화려해지고
뒤돌아보지 않는 마음은 무너지고
로마의 일요일은 길어지고

오늘의 한 일

별일 없지
친구의 안부 전화를 끊고 나면 별일이 생겼다
비워진 밥통에 사료를 채워주자 강아지가 재빨리 다가
왔다
알갱이를 싹싹 핥아먹는 강아지의 혓바닥

그때만큼은 잘 먹고 잘살게 해달라는 기도를 믿어보기
로 했다
잊지 않으려고 사진을 찍었지만
골목길 붉은 벽돌 이층집 대문 앞
동네를 한 바퀴 돌고 나서야 내 차를 찾아냈다
자동차하고 돌아다녔다

그린란드 빙하가 돌아올 수 없는 선을 넘었다
기후변화가 기후 변화를 일으키고 있다
서둘러 그린란드 영구 동토층 밑에 묻어놓은 소꿉친구
와의 우정 편지를 옮겨놓았다

좁다란 계단을 타고 옥탑방에 올라왔다

스위치를 켜자 형광등이 나가버렸다
두꺼비집을 열려고 할 때
딩동!
휴대 전화 문자를 확인했다
어둠을 축하합니다

저녁과 마주 앉아 밥을 먹고
어둠을 찍었다

산수유

생각이 자꾸만 자꾸만 커지길래
고개를 돌렸어
너의 공백을 나의 여백으로 채우려고
봄날의 테두리를 진하게 칠하기 시작했어
너는 내용 없이 비어 있길 바래
나는 아무것도 없어야 안심을 해

우린 꾹꾹 비워내
쓴맛도 비린내도

유통 기한 없는 봄볕은 창창하기만 하고
산산이 조각나는 오후가 되길 기다렸어
차라리 질식해버리는 것도 나쁘진 않을 것 같아

그때,

오려낸 틈새로
동그란 꽃망울이 보였어
우린 같은 구멍으로 그것들을 보았어

너의 공백과 나의 여백은
마모된 고통을 나눠 채우기 시작했어

생각이 퐁퐁 곧 터질 거 같아
노랗게 널 기다려보기로 했어

저녁

저녁은 멀었다
라일락이 피는 마을을 지나왔다
너에게서 편지가 왔다
그 안에는 빈말들이 가득했다
무엇이 나를 이토록 아프게 하는가
잘 모르겠다
그래서 더 미치겠다

너의 빈말에 세상의 모든 바깥이 까매졌다
아픈 날이면 그냥 네루다를 읽으며
그의 만년을 아파해보자

오늘은 너를 볼 것이다 말 것이다
달빛이 내릴 것이다 말 것이다

많은 달 가운데 하나인 네가 커지는 것을 보면서
나는 내 자리로 돌아와 저녁밥을 지었다
라일락이 너무 눈부셨던 그날

단 하나의 이유

세상에서 가장 슬픈 사람을 알고 있다

설렘으로 시작한 풋풋함이 진한 포도주가 된 줄도 모른 채
흠뻑 취해버린 사람

오로지 당신만 보고 있는데 한눈팔지 말라며
맑은 눈동자에
괜한 걱정으로 낙서를 하는 사람

온종일 그대만을 생각하는데 하루가 너무 짧다면서
단 몇 분이라도 더 늘리고 싶다는 사람

이런 사람은 아무것도 몰라서,

내가 당신을 지켜줘야 하는
단 하나의 이유이다

시집 읽다가 생긴 일

새벽에 깨어났다

파블로 네루다 시집을 파고 있었는데 어느덧 어둠이 접
히고 있음을 느지막이 알았다

시를 읽으면서 좋은 문장에 초록 색연필로 밑줄을 긋는
습관이 있다

그때,

내 팔에 매달리는 달을 쳐다보니 동그란 테두리가 그려
져 있었다

두껍고 진하게

지금 너는

나에게 있는 모양이다, 수북하게

첫눈이 여름처럼

첫눈이 오기 전이다
함박눈이 아직 내리지 않았다
첫눈이 오기 전이다
함박눈이 오기 전이다
첫눈이 함박눈처럼 내리면 좋겠다
여름처럼 첫눈이 내렸으면 좋겠다
눈이 내리면서 바로바로 녹아서 마치 눈이 아닌 것처럼
해주면 좋겠다
첫눈이 내려도 난 너에게 연락할 수 없잖아
연락할 수 있을 때까지
첫눈이 눈이 아닌 척했으면 좋겠다

첫눈이 여름처럼 오면 좋겠다
여름처럼 첫눈이 내렸으면 좋겠다

대답

어떤 겨울밤처럼,
까맣게 비가 내리고 있습니다
비는 내가 나에게 서럽게 했던 시간 위로 내리는지 모릅니다

장맛비로 파인 웅덩이에 토혈한 기억들
빗줄기로 지우고 싶던 변명의 사물들
어디든 빗금으로 채우고 싶어서 애써 그어대기만 했던 심장들
들킬까 봐
등짝 넓은 사람처럼 뒷모습만 보이려 했는지도 모릅니다

그 뒤로,
자꾸만 세상을 밀어버리려는 습관이 생겼습니다

백 일 동안 내리는 비를 보며 생각 중입니다
발톱 끝에 매달린 고통과
가슴을 물들였던 서러움을
비비고 또 비벼도

땅속으로 스며들어가는 빗줄기와 같을 뿐
지나고 보니 아무것도 아닌 것을

이제는 빗줄기의 갈라진 목소리에 대답할 수 있을까요

곤돌라

볼륨을 높이고
나 좀 안아주세요
내 말 들려요?
용기하는 숲이 보여요
아까부터 꼬여 있는 심장을 더듬거리는 중이에요
덜컹거리는 창문이 입김을 흡입해요
땅에서 눈발이 치솟아 바닥과 충돌 중이에요
저기 좀 봐요
숲에서 나무 한 그루가 엎어지고 있어요
나는 아주 아주 많은 잘못을 저지른 적이 절대 없어요
정오에 불타는 벌건 낮달
술에 취한 음표가 둔부를 통과하는 중이에요
소리가 울어대요
이름을 불러대요
와플 크림이 통째로 녹는 동안
아무도 모르게 빙하를 키워요
침강 시간이 임박했어요
거기 누구죠?
찍고

만지고

냄새 맡고

현수막이 펄럭여요

사진 사람

벽에 사진이 하나 있습니다
나는 사진을 보기 싫습니다
그래서 보고 말았습니다
사진은 나를 보고 싶어 했습니다
그래서 나를 보지 않습니다
사진엔 입동을 지난 늦가을 추위가 몰려왔습니다
아마도 태양이 뜨지 않나 봅니다
호 입김을 불어대니 꺼졌던 불씨에 라일락이 나뒹굽니다
과연 봄이 찾아올까 싶습니다
아마도 봄은 오겠지요
어쩌면 빙설기후이기 때문입니다
사진의 미소를 맡고 싶습니다
사진의 눈빛을 듣고 싶습니다

저만치 달려가던 사진이
내 뒤로 바짝 다가왔습니다
사진은 나를 알고 있는 듯했습니다
무작정 액자를 기다려볼 작정입니다
이름만 모를 뿐이지, 절대 돌아오지 않는다고 했으니까요

안데스산맥 협궤열차처럼 숨이 차오릅니다

남춘천역

립스틱을 고르는 중이다
수북하게 몰려드는 빗소리를 들으며
빨강으로 할지 다홍으로 할지
선풍기 바람에 젖은 머리카락을 말리던 날
8월에 머문 달력을 애써 두 장 넘겨보던 날
정말 미안하지만,
서둘러 단풍을 데려오고 싶던 밤

우산을 접고 열차를 기다리는 사람들
우산을 잡고 서 있는 나
가을비를 외면할 수 없어서
너를 외면할 수 없어서
사무치게 나를 외면하려고
그렇게
17시 11분 청량리행 열차를
떠나보냈다

새빨간 립스틱을 칠했다
단풍이 쏟아졌다

1번 출구 계단에 낙엽이 묵묵히 고이던 날
너는 왔다가
다시 떠났다

지독한 감기에 걸린 남춘천역
잦은 기침 소리 열차를 쫓고 있다

화요일

마지막 얼굴이 창가에 서 있어요
굵은 못에 매달린 액자처럼

감겼다 풀렸다 하는 감정
전화기 줄을 타고 혓바닥으로 꼬여 들어오려나 봐요

밀린 이야기
걷고 싶던 길
호주머니에서 꺼낸 무음의 텔레파시 볼륨을 높여요
두 시간만 허용할게요
목소리가 아르페지오로 연주하기 시작해요
양동이에 그득해진 단어들
참을 수 없는 재채기 한 방에 사방으로 빨려 들어가요

맨몸의 눈물들
철저한 예상 답안
뜯긴 화요일
이젠 안녕인가요?

조금 더뎌지는 수요일

당신은 결코 처음 보는 사람이 아닐 겁니다

수요일이 되기 전에 당신을 사랑할래요

러시아 혁명

1

시베리아 횡단 열차를 탔다
하바롭스크에서 산 납작 복숭아를 먹었다
딸이 내게 물었다
엄마,
여기 뼈 있지?

2

시베리아 횡단 열차를 탔다
삼양 컵라면이 익었다
그리고,
녹았다

3

좁다란 침대에서
납작 엎드려
양팔로 얼굴을 괘고
창밖을 보았다
인제 자작나무 숲이 마실 온 걸 알았다

지금 시각은 새벽 두 시

4
교통편: 승용차
출발지: 강릉
목적지: 모스크바
탑승 예정일: 어제

낫 놓고 'ㄴ'을 말하다

지구적인 가을 때문만은 아니다

영구 동토층의 꽃이끼가 초록이 아닌 연한 갈색을 띠던 사건으로 무기 징역을 선고받아 교도소에서 강제 노역 중이라는 사실에 분노했다

킬리만자로 매점의 김치는 과연 종갓집인지 비비고인지 맞혀야만 오늘의 불면을 차지할 수 있을 텐데,

공간 이동을 한 다음엔 학습지를 풀어야 했다

나의 공연 일시가 중복된 밸리 댄스와 에어로빅을 화면 분할 기법을 통해 동시 공연이 가능한 생방송 9시 뉴스를 시청했다

다락방에서 0.7 모나미 볼펜으로 담배 무는 시늉을 하던 고등학생 오빠를 엄마에게 이르지 않은 게 대견하기만 했던 여동생은 문방구에서 담배 한 갑을 사버렸다

비포장도로 등굣길 굵은 전화선에 걸려 넘어져 코피 쪼록 쏟아질 때 집에도 없는 전화를 받고 달려왔던 서른여덟의 엄마가 자꾸 전화를 걸어오는 밤

낫 놓고 'ㄴ'이라고 정확하게 발음했다

이별은 필로폰이다

공연 후기

공연장을 빠져나와
홀로
계단에 앉는다

늘 모히토이길 원했지만
생각해보면
내게는 거의 블랙러시안

스쳐 지나기만 했던 사람들인데
어떤 사람은 바람 같고
또 어떤 사람은 바람 같고

아무거나
아무렇지 않게
하루에도 몇 번이나
칵테일을 마셔댔다

dal.komm coffee

손가락에 쥔 연필은 발소리처럼 사각거리고
책 속의 활자는 창밖 자동차처럼 튀어 올랐다
장독대의 간장처럼
문장 속에 흠뻑 젖어버린 나는
시 한 사발에 온통 취해버린 오후를 보냈다

첫 시집과 네루다

이홍섭

시인

1. 첫 시집

첫 시집은 언제나 설렘을 준다. 그것은 마치 밀봉된 편지함을 뜯어보는 것과 같고, 미지의 세계를 처음 열어젖히는 것과 같다. 처음으로 시세계를 내보이는 시인으로서는 설렘 반, 두려움 반이겠지만, 독자에게는 설렘 그 자체이다.

첫 시집은 앞으로 펼쳐질 시세계를 가늠하게 해준다는 점에서 미래를 향해 열려 있는, 무한한 가능성의 세계이다. 참으로 오묘하게도, 우리 문학사에는 첫 시집이 그 시인의 대표 시집이 된 경우가 많다. 이런 경우를 두고 일반적으로 "첫 시집을 뛰어넘지 못했다."라고 비판조로 평가

113

하지만, 나는 이러한 비판에 유보적이다. 물론, 시 쓰기의 게으름 때문에 첫 시집의 성과를 넘어서지 못한 경우가 있기는 하지만, 대부분은 첫 시집이 품고 있는 순정한 설렘, 시를 향한 뜨거운 연정(戀情)을 이후의 시들이 따라가지 못해서 생겨나는 평판인 경우가 많다. 시간이 흐를수록 지혜와 성찰은 깊어질 수 있겠지만, 늘 설렘과 연정을 유지하기란 참으로 어려운 일이기 때문이다.

김서현의 첫 시집도, 세상의 모든 첫 시집이 지니고 있는 순정한 설렘과 뜨거운 연정을 품고 있고, 미래를 향해 열려 있는 가능성의 세계를 잘 보여주고 있다. 때로는 이 설렘과 연정이 그 뜨거움을 견디지 못해 날것인 채로 드러난 경우도 있지만, 그것 또한 첫 시집이 지닌 열려 있는 세계, 가능성의 세계에 충분히 수렴될 수 있으리라 본다.

그런 면에서, 이번 첫 시집에서 세 편의 시에 걸쳐 유일하게 실명으로 호명하고 있는 시인이 파블로 네루다라는 사실은 시인의 시세계로 들어가는 데 있어 등불과 같은 역할을 해준다.

납작한 십이월 오후,
나는 비밀을 너에게 말했고 너는 입술을 닫으며 비밀이라고 했어요
느린 우체통 앞에서 정확하게 백 년을 세기 시작했어요

오늘 점심은 따뜻한 어묵 국물이 당겨서 들린

버스 정류장 옆 포장마차에서 산

세 마리 천 원짜리 붕어빵이에요

가시가 입속 혀를 쓰다듬었어요

네 방이 너무 크다고 말하려다 말고 가시를 골랐어요

들통난 진실을 다시 꾸며 비밀인 척하려다 말고 가시를 발라냈어요

붕어빵 좋아하나요?

네루다를 그리워하며 녹음한 별들이 정체된 4차선 도로,

에서 신호 대기 중이에요

기억은 낯설게 중얼거리게 만들어요

그날 우리는 한 잔 커피를 둘이 마시며 아무 얘기라도 해야 했어요

조금 더 머물면서

붕어빵 봉지에 남은 너를 한입 베어 물어요

미지근한 공백만큼 위로가 필요해요

너는 입이 없는 것처럼 침묵했어요

목에 걸린 가시를 어떻게 하죠?

너는 사람 같은 사람이야 라는 말은 다음에 해야겠어요

우체통에서 꺼낸 네루다의 시집에는 가시를 발라낸 붕어빵이 가
득했어요

　　──「붕어빵 가시를 발라내며 네루다를 생각해요」 전문

'비밀'과 '진실'과 '침묵'이 변주되는 이 작품은, 세 단어가 지닌 의미의 무게가 큰 만큼 전면적인 해석에 이르는 길이 중간 중간 차단되어 있다. '비밀'과 '진실'과 '침묵'의 내용은 드러나 있지 않고, 이것으로 인해 생겨 난 마음의 상태를 달래고 위로하려는 화자의 중얼거림과 행위만이 그려져 있기 때문이다. "왜?"라는 질문을 필연코 동반할 수밖에 없는 이러한 시의 모호함 역시 많은 첫 시집에서 발견되는 특징 중 하나이다. 대상은 보이지 않고 나의 고양된 감정과 상태만 드러난 시들이 산재한다.

파블로 네루다는 이러한 고양된 감정, 충만한 서정이 시의 본질이라 것을 일깨워준 대표적 시인이다. 그는 자전적 회고록에서 자신의 두 번째 시집이자 초기 시세계를 대표하는 시집 『스무 편의 사랑의 시와 한 편의 절망의 노래』를 두고, "이 책은 내가 사랑하는 책인데, 그 심한 멜랑꼴리에도 불구하고, 살아 있다는 것의 기쁨이 그 안에 있기 때문이다."라고 말한 바 있다. 다른 책에서는 "심한 멜랑꼴리"를 "번뜩이는 우수" "심각한 우울" 등으로, "살아 있다는 것의 기쁨"을 "실존의 즐거움" "실존의 기쁨" 등으로 번역하기도 하는데, 아무래도 앞의 인용문이 네루다의 어법에 더 잘 어울리는 것으로 여겨진다. 네루다는 무엇보다 삶의 충일감, 생동감을 중요시했고, 언어 또한 이와 같기를 원했기 때문이다.

위의 작품에서 시인은 이러한 네루다를 그린 영화 〈일

포스티노〉와 소설『네루다의 우편배달부』에 공히 등장하는 "우체통"과 "네루다를 그리워하며 녹음한 별들"을 불러내 자신의 감정을 의탁한다. 아래의 시 역시 그러하다.

저녁은 멀었다
라일락이 피는 마을을 지나왔다
너에게서 편지가 왔다
그 안에는 빈말들이 가득했다
무엇이 나를 이토록 아프게 하는가
잘 모르겠다
그래서 더 미치겠다

너의 빈말에 세상의 모든 바깥이 까매졌다
아픈 날이면 그냥 네루다를 읽으며
그의 만년을 아파해보자

오늘은 너를 볼 것이다 말 것이다
달빛이 내릴 것이다 말 것이다

많은 달 가운데 하나인 네가 커지는 것을 보면서
나는 내 자리로 돌아와 저녁밥을 지었다
라일락이 너무 눈부셨던 그날
　　　　—「저녁」 전문

위의 시에서도 시인은 자신의 감정과 정서를 네루다에 의탁한다. "잘 모르겠다" "더 미치겠다" 등의 표현에서 알수 있듯이, 자신의 감정을 있는 그대로, 날것인 상태로 드러내는 이 작품은, 앞서 인용한 작품보다 그 드러냄이 더 직접적이고, 전면적이다. 시인은 이처럼 날것에 가까울 정도로 자신의 감정에 충실한 상태에서 "아픈 날이면 그냥 네루다를 읽으며/ 그의 만년을 아파해보자"라고 네루다를 호명한다. 고국 칠레뿐만이 아니라 전 세계적으로 사랑받았던 네루다는, 고국에 군부 정권이 들어서면서 비극적인 말년을 보냈다. 이 구절에서 중요한 것은 네루다의 비극적인 말년에 관한 내용이 아니라, 시인이 네루다를 통해 "너의 빈말에 세상의 모든 바깥이 까매"진 상처를 위로받고 있다는 점이다. 이는 시인이 얼마나 네루다의 시와 삶에 깊이 동화되었는지를 가늠케 해준다.

2. 연시(戀詩)

세계적인 명시 중 70% 이상이 연시, 즉 사랑시라는 말이 있을 정도로 연시는 서정시의 본령이라 할 수 있다. 연시에는 만남과 이별, 희열과 고통, 충만과 상실이 혼재한다. 네루다의 표현을 빌리면, "심한 멜랑꼴리"와 "살아 있다는 것의 기쁨"이 소용돌이친다. 이러한 혼재와 소용돌

이를 품고 있음에도 불구하고 연시가 가장 많이 명시의 반열에 올라 있다는 사실은 서정시의 본질에 관하여 깊이 숙고하게 만든다.

새벽에 깨어났다

파블로 네루다 시집을 파고 있었는데 어느덧 어둠이 접히고 있음을 느지막이 알았다

시를 읽으면서 좋은 문장에 초록 색연필로 밑줄을 긋는 습관이 있다

그때,

내 팔에 매달리는 달을 쳐다보니 동그란 테두리가 그려져 있었다 두껍고 진하게

지금 너는

나에게 있는 모양이다, 수북하게

—「시집 읽다가 생긴 일」전문

위의 작품에서 시, 나, 달, 너는 분리되어 있지 않고, 마치 처음부터 그랬던 것처럼 자연스럽게 연결되어 있다. 이처럼 대상과의 관계를 "나"와 "너"의 관계로 치환하여 연시의 형식으로 승화하는 것은 이번 시집의 도드라진 특징

이다. 아래 시는 그 출발점을 잘 보여준다.

길기만 했던 열일곱 여름방학
여섯 개 버스 정류장을 쉼 없이 내달렸다

우표도 없는,
보내는 이의 이름도 없는,
손 편지를 배달하던 때

너의 이름 가득 모아
너희 집 청색 대문에 꽂아두고 싶었다

개학 후 복도 창문 청소를 하면서 네가 말했다
방학 동안 이상한 편지를 받았다고,
그 편지가 매일 왔고,
누군지 이름도 안 쓰여 있고…
이때,
복도를 지나던
옆 반 아이가 말을 걸어왔다

늦은 오후
삐걱대는 다락방에 올라갔다
구석진 곳 앉은뱅이책상 위

먼지가 붉었다
큰언니의 세계문학 전집은
못생긴 메줏덩어리 같았다

이따금 생각나긴 했지만
너의 안부를 궁금해하지 않던 시간
버스 안에서 우연히 너를 만났다

그때 그 감정으로
내가 시를 쓰기 시작했는지도 모르겠다
전염병처럼 앓던 우정이 회복하듯

그 여름방학 끝에 다음을 추신한다

지금은 허물어진 붉은 다락방으로 초대하고 싶다
소년 같던 너를
— 「붉은 다락방」 전문

　위의 시는 "쉼 없이 내달"리던 사춘기 때의 열병을 다루
고 있다. "소년 같던 너"라는, 실제 대상이 구체화되어 있
는 이 작품에서 중요한 것은, 시인이 "그때 그 감정으로/
내가 시를 쓰기 시작했는지도 모르겠다"라고 고백하고
있다는 점이다. 그때 그 감정은 "큰언니의 세계문학 전집"

을 "못생긴 메줏덩어리"로 무력화시킬 만큼 실제적이고 강렬한 것이다. "이 실제적이고 강렬한 감정"으로 시를 쓰기 시작했다는 것은, 네루다가 말한 "살아 있다는 것의 기쁨"과 맞닿아 있는 것으로, 시인이 왜 대부분의 시를 연시의 형식으로 쓰는가를 이해하게 해준다.

3. 정류장

앞서 말했듯, 연시에는 만남과 이별, 희열과 고통, 충만과 상실이 혼재한다. 이 시집에서 이러한 혼재를 선명하게 보여주는 공간적 배경이 정류장과 역, 그리고 버스 대기실이다.

청주시 사직1동 549-1번지,
밤색 철제 대문 옆에 총총히 직립해 있던 맨드라미
마당에는 오도카니 모은 동갑내기 앵두나무
테트리스 조각 같은 옥상에서 나부끼던 꽃무늬 빤스
열두 개의 햇살을 수줍게 품어대고 있었다

반투명 마루문 양쪽으로 열어젖히고
쪼까난 어깨 담요로 휘감은 채

물끄러미,
꿈꾸는 소녀의 빗방울이 콩닥콩닥 번져왔던 그날처럼,

오늘 나는 열두 살
내가 없는 데도 버스는 출발했다
—「꽃무늬 버스」부분

소아과병원 옆 작은 화단에 다다르자
장맛비가 내렸다

병천순대국 간판이 젖었다
편의점 앞 파라솔이 흠뻑 젖었다

내 짝은 눈을 꼭 감고 말이 없는데
말이 젖어서

젖을 수 있는 것은 다 젖었다
지워질 수 있는 것도 다 지워졌다

민소매를 입고 버스 정류장에 서 있다
—「여름이 오래 가지 않도록」부분

지금은 단 한 송이의 꽃 이파리 떠올릴 수 없다
그 꽃잎 뒤집는 것 보지 못했다
매화들도 내가 지나간 것을 모를 것이다

춘천행 버스 정류장에서
긴 팔로 나를 와락 안아주었다
어느 날 내가 물었을 때
너는 그날이 기억나지 않는다고 했다

저만치 매화를 돌아보려다 말고
밤이 어둡다는 걸 눈치챘다
　　　　—「흑백 렌즈를 닦다」 부분

　맨 앞의 시에서 정류장은, "열두 살" "꿈꾸는 소녀"의
"꽃무늬 버스"가 오가는 설렘의 공간이고, 중간 시에서는,
"병원 옆 작은 화단"이 배경인 것으로 보아 그 어떤 아픔
과 상실의 공간이다. 이 시에서 "민소매를 입고 버스 정류
장에 서 있다"라는 구절은 다른 모든 이미지를 압도할 정
도로 강렬하다. 마지막 시에서 정류장은, "너는 그날이 기
억나지 않는다고 했다" "밤이 어둡다는 걸 눈치챘다"라는
구절들이 암시하듯, 추억의 상실과 어두운 미래를 예감하

는 공간이다. 아래 시에는 이러한 혼재가 한 편의 시에 집
약되어 있다.

아무도 없는 정류장
나는 안 사랑하는데 여기서 기다려도 될까요

비를 흠뻑 맞은 나무 사진을 내게 주었던 사람
나를 찍은 사람

한번 만나요 매일 겨울비가 내리고 있으니깐
모르는 사람에게 아는 사람처럼 안기고 싶어요
그러므로 당신을 생각하면 안 돼요

열린 차창으로 뻔히 알 것 같지만 낯선 당신 얼굴이 보여요
느낌표처럼 외로워 보여요

난 깨금발로 쓸데없는 표정을 지어요
빗방울 같은 물음표가 노란 우산에서 자꾸만 피워 올려져요

소설을 읽어도,
음악을 연속 재생해도
겨울비는 멈추지 않아요

당신은,
처음이며 끝이며 항상 간절합니다

오늘도 난 정류장에서 서성댑니다
겨울비가 집으로 돌아갈 때까지
— 「정류장」 전문

　위의 시에서 정류장은, "나는 안 사랑하는데 여기서 기다려도 될까요"라는 구절에서 알 수 있듯이 모순된 감정이 혼재하고 있는 공간이다. 이 모순된 감정은 "느낌표"와 "물음표"의 공존에서도 알 수 있다. 주목되는 것은, 이러한 모순된 감정 속에서도 시인은 "당신은,/ 처음이며 끝이며 항상 간절합니다"라고 노래하고 있다는 점이다. "오늘도 난 정류장에서 서성"대는 이유이기도 한 이러한 절대성의 대상이 구체적으로 무엇인지에 대해서는 분명하게 나타나 있지 않다. 앞서 인용한 시들에서도 알 수 있듯이, 시인이 공들여 표현하고자 하는 것은 어떤 것을 발생시킨 사건 그 자체가 아니라, 그로 인해 생겨난 내 마음의 상태와 흔적이기 때문이다. 이러한 경향은 기차역을 다룬 작품 「남춘천역」 등에서도 잘 나타난다. 만남과 헤어짐이 교차하는 정류장과 기차역에서의 혼재된 감정은 "혼자"가 되었을 때 "삶이란 텅 빈 대기실과 같은 것"(「처음 온 십일월」)이라는 깨달음을 낳는다. 만남과 헤어짐, 그리고 기다림이란 "너"라는 상대가 설정되어 있을 때 생겨나는 것이지만, '혼자'는 상대가 없이 오롯하게 자신의 감정을 투사할 수 있기 때문이다.

4. 이국(異國)

"삶이란 텅 빈 대기실과 같은 것"이라는 깨달음 속에서 우리가 할 수 있는 것은 무엇일까? "다시 태어나지 않았으면 좋겠습니다"(「성 베드로 성당」)라는 돌연한 고백은 이러한 깨달음의 맥락 속에서 이해하면 그다지 낯선 표현이 아니다.

주목되는 것은, 시인이 나와 너, 현실과 꿈 사이의 결락을 이국을 향한 상상으로 메우려 한다는 점이다. 시인은 정류장, 기차역, 대기실 등의 공간만큼이나 이국의 도시들을 시의 소재로 삼고 있다. 이국에 대한 상상이 현실의 실제적 일상과 병렬을 이루며 나타난다는 점도 이채롭다.

식당에서 창밖을 쳐다보았어요
지중해와 맞서 있는 집들이 모두 하얘서 내 집 찾기가 어려울 거 같다는 생각이 들었답니다

퇴근길에 가로수가 눈에 들어왔어요
탐스럽게 매달린 올리브를 한 바구니 따왔더랬죠

그해 여름 당신은 리스본으로 떠나면서 대서양을 보고 온다고
하였습니다

집으로 돌아와 강아지 눈을 보니 대서양이 가득 차 있었습니다
―「리스본으로 떠난 당신」 부분

보고 싶은 것은 보지 않기로 했다
허락하지 않은 로마의 시간은 흐르고
하염없이 함박눈은 내리고
전철을 타고 혜화역에 도착했다

로마 광장에는 푹푹 눈이 쌓이고
베네치아 궁전으로 들어가 커피를 주문했다
무수한 눈발이 넘치는 커피가 나왔다
책을 펼쳤다
텅 비어 있는 첫 장에 한 방울의 커피를 떨어뜨렸다
내가 썼던 기억나지 않는 이름이 번지기 시작했다
―「로마의 일요일」 부분

앞의 시에서 나의 일상과 공간은 대서양 연안 리스본의 일상 및 공간과 병렬되어 있다. 뒤의 시 역시 혜화역과 로마 광장은 병렬되어 있고, 그 사이로 로마의 시간이 흐른다. 이러한 이국 도시와의 병렬은, 상상력을 증폭시킴과 동시에 지금 여기, 그리고 지금 나에게 부재한 것들을 간접적으로 환기시킨다. 이국 도시를 배경으로 한 「가을의 국적」, 「시드니의 시간 태엽」, 「성 베드로 성당」, 「러시아 혁명」 등의 시들도 이와 다르지 않다. 이처럼 시인이 이국을 향한 상상으로 이루어진 시들을 즐겨 쓰는 것은 "내가 내 나라를 떠도는 난민이기 때문"(「가을의 국적」)이고, "소수점"(「성 베드로 성당」)처럼 살고 싶지 않기 때문이다.

하지만, 나와 너, 현실과 꿈 사이의 이러한 깊은 결락이 이번 첫 시집에서 전면화되어 나타나는 것은 아니다. 시 쓰기의 출발지를 담고 있는 이번 첫 시집은, 그 성격상 결락보다는 연시의 형식이 품고 있는 설렘과 연정이 더 전면화되어 나타날 수밖에 없다. 이 결락이 시에서 어떻게 구체화되어 나타날지는 다음 시집을 기다려야 할 것이다.

다시 네루다로 돌아가서, 그가 자전적 회고록에서 자신의 초기 대표 시집을 두고 "이 책은 내가 사랑하는 책인데, 그 심한 멜랑꼴리에도 불구하고, 살아 있다는 것의 기쁨이 그 안에 있기 때문이다."라고 한 말을 상기할 필요가 있다.

김서현의 이번 첫 시집도 젊은 시인들의 첫 시집, 또는 초기 시세계를 지배하는 우수(멜랑꼴리)가 짙게 배어 있다. 이번 해설에서 분석의 대상으로 삼지는 않았지만, 이러한 우수는 「절기에 관하여」, 「여름이 오래 가지 않도록」, 「이십사 시간」, 「이렇게 긴 월요일은 오늘이 처음!」, 「화요일」 등 시간, 요일, 절기를 제목으로 삼은 시들에서 두드러지게 나타난다. 이러한 우수에도 불구하고, 김서현의 첫 시집은 모든 첫 시집이 그러하듯 "살아 있다는 것의 기쁨"으로 충일하다. 시인이 좋아하는 '겨울비'가 이를 상징한다. 시인은 "눈보다 비를 더 좋아"(「겨울비」)하고, "그것도 월요일에 내리는 겨울비"(「이렇게 긴 월요일은 오늘이 처음!」)를 좋아한다.

　이 겨울비는 '우수'와 '살아 있다는 것의 기쁨'이 하나로 결합된 상징이다. 이 상징이 다음과 같은 도취를 낳는다. "손가락에 쥔 연필은 발소리처럼 사각거리고/ 책 속의 활자는 창밖 자동차처럼 튀어 올랐다/ 장독대의 간장처럼/ 문장 속에 흠뻑 젖어버린 나는/ 시 한 사발에 온통 취해버린 오후를 보냈다". "시 한 사발에 취해버린 오후"를 갖는 것은, 네루다뿐만이 아니라 나를 포함한 모든 시인의 꿈이 아니던가. ✽

달아실시선 74

목련이 환해서 맥주 생각이 났다

1판 1쇄 발행	2023년 11월 10일
지은이	김서현
발행인	윤미소
발행처	(주)달아실출판사
책임편집	박제영
디자인	전부다
법률자문	김용진, 이종진
주소	강원도 춘천시 춘천로 257, 2층
전화	033-241-7661
팩스	033-241-7662
이메일	dalasilmoongo@naver.com
출판등록	2016년 12월 30일 제494호

ⓒ 김서현, 2023
ISBN 979-11-91668-94-0 03810